KB043345

사랑의 콩깍지

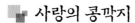
사랑의 콩깍지

1판 1쇄 : 인쇄 2016년 05월 10일
1판 1쇄 : 발행 2016년 05월 15일

지은이 : 김부배
펴낸이 : 서동영
펴낸곳 : 서영출판사

출판등록 : 2010년 11월 26일 제 (25100-2010-000011호)
주소 : 서울특별시 마포구 서교동 465-4, 광림빌딩 2층 201호
전화 : 02-338-7270 팩스 : 02-338-7161
이메일 : sdy5608@hanmail.net

그 림 : 박덕은
디자인 : 이원경

ⓒ2016김부배 seo young printed in seoul korea
ISBN 978-89-97180-56-1 04810
ISBN 978-89-97180-00-4(set)

사랑의 콩깍지

2016 · 서영

김부배 시인의 제2시집 출간을 축하하며

　김부배 시인은 2015년 2월에 제1시집 〈첫사랑〉을
펴냈다. 이번에 제2시집을 발간하겠다는 소식이 들려,
매우 행복했다. 왜냐하면, 사업가로 지내면서 심심풀
이로 제1시집을 냈을 거라고 생각해 왔기 때문이다.
이렇게 지속적으로 시를 써서 제2시집을 펴내리라고
는 미처 생각하지 못했다.

　제1시집 발간 이후에도 김부배 시인은 시 창작의 열
정을 좀처럼 멈추지 않았다. 그러던 중 그녀는 필자가
진행하고 있는 아프리카tv의 "낭만대통령의 문학토크"
에 모습을 드러냈다. 2015년 여름이었다. 그로부터 그
녀는 10개월 만에 무려 120여 편의 작품 발표를 했다.
그 성실성과 창작 열정은 정말 대단했다. 그래서 주위
에서 놀라운 눈길을 보내지 않을 수 없었다.

　김부배 시인은 왜 이처럼 줄기차게 시를 쓰고 있을
까. 그동안 내면에 무슨 고민이 있었을까. 신앙생활
도 신실히 해오고 있고, 현모양처로서의 삶도 이어오
고 있고, 간혹 자유롭게 해외여행도 다니고 있는 그녀

에게 왜 시 쓰기는 필요한 것일까. 혹시 내면에 외로움은 없었을까. 그 어떤 것으로도 보충할 수 없는 내면의 외로움, 그게 원동력이 되어 시 창작의 열정을 갖게 된 것일까.

　김부배 시인의 시 세계로 들어가 보기로 하자.

　　방황의 끝자락에서
　　마음에 새겨둔 흔적들을
　　햇살 좋은 날 그려 넣었다

　　이제는 멀어질 수 없어
　　떠올릴 때면 나도 모르게
　　그대의 향기가 가득 채워지는
　　이 느낌

　　숨쉬고 있는 그리움들
　　가슴 깊이 다가와
　　소곤소곤 속삭인다

　　아무도 모르게 가슴에서만
　　콩당콩당 뛰면서 자라나
　　마디 마디 사연들의 꽃길이 되어.

　　　　　　　　　　- [내 사랑] 전문

이 시에서의 시적 화자는 방황의 끝자락에 서 있다. 마음속에서 내린 생각의 끝은 바로 방황의 종결이다. 이제는 방황에서 내려서고 싶다는 강한 의지가 자리하고 있다. 그래서 마음에 새겨둔 흔적들을 햇살 좋은 날 그려 넣게 된 것이다.

지금까지는 소홀히 여겼던 그리움, 이제는 더이상 멀어지도록 놔둘 수 없다. 마음에 떠올릴 때마다 자신도 모르게 가득 채워지는 그대의 향기를 더이상 외면하며 살고 싶지 않은 것이다.

늘 호흡처럼 숨쉬고 있는 그리움, 가슴 깊이 다가와 소곤소곤 속삭이고 있는 그리움, 차라리 인정하기로 한다. 그리고 그 그리움 속으로 들어가 즐기고자 한다. 그 그리움은 자신의 의지와는 상관없이 아무도 모르게 스스로 가슴에서만 '콩당콩당' 뛰면서 자라나 '마디 마디' 사연들의 꽃길이 되어 있다. 이 사실을 솔직히 인정하고, 깊숙이 내면에 받아들여 살아가고 싶다. 살아생전에 이 그리움의 소중함을 받아들여 즐기고 싶다. 비록 아플지라도, 비록 아릴지라도 이 그리움이 가져다 주는 향기와 의미를 가슴 가득 안고 살고 싶다.

이러한 의미 구조를 떠받쳐 주는 이미지 구현도 좋다. 추상(방황, 마음, 그리움, 사연)과 구상(끝자락, 흔적, 햇살, 향기, 숨쉬고, 가슴 깊이, 소곤소곤, 콩당콩당, 마디 마디, 꽃길)의 조화로움이 멋스럽다. 방황은 끝자락과 만나, 향기는 느낌과 만나, 그리움은 '소곤소곤'과 만나, 사연들은 '마디 마디'를 만나, 선명한 이미지 구현을 이뤄내고 있다.

시적 형상화와 시상의 자연스러움이 김부배 시의 초석을 안정감 있게 다져놓고 있는 것이다.

노을 지는 저녁에
사랑의 깊이가 궁금해
얼른 생각나는 그대에게
마음의 돌을 던져 봅니다

말하지 않아도
눈 안에 가득차 있는
그대에게로 향한
끝없는 그리움에게

향기로움 도란도란 속삭이며
속살 비집고 들어오는 뜨거움에게

나를 믿어 주는 단 한 사람에게
내가 믿어 주는 단 한 사람에게

마냥 커지는 아름다움에게.

- [겨울 연가] 전문

이 시에서의 시적 화자를 보라. 시적 화자는 노을 지는 저녁에 사색에 잠긴다. 무엇보다도 사랑의 깊이가 궁금하다. 얼른 생각나는 님에게 마음의 돌을 던져 본다. 말하지 않아도 눈 안에 가득차 있는 님, 그 님을 향한 끝없는 그리움, 도란도란 속삭이는 향기로움, 속살 비집고 들어오는 뜨거움, 마냥 커지는 아름다움에게 사랑 고백을 바치고 싶다. 자신을 믿어 주는 단 한 사람, 자신이 믿어 주는 단 한 사람에게 뜨거운 사랑 고백을 온전히 드리고 싶다. 왜 진작부터 이 생각을 못했을까. 왜 가슴 조이며 조신하게 살아왔을까. 왜 사랑 고백 하지 못하고 마음과 몸을 웅크린 채 살아왔을까.

시적 화자는 반문해 본다. 이제라도 시적 화자는 마음껏 사랑을 구가하며 살고 싶다. 과거와는 달리, 미래는 달라질 것이다. 이후 결코 사랑을 포기하고 살지는 않을 것이다. 단, 조건이 있다. 사랑하는 사람이 나를 믿어 주어야 한다. 또 시적 화자가 님을 믿어야만 한다. 그래야 겨울 연가는 이뤄질 것이고, 그 연가는 마냥 커지는 아름다움이 될 수 있을 것이다.

이러한 의미가 시적 형상화 속에 잘 녹아 흐르고 있

다. 이처럼 김부배 시인의 시적 형상화 솜씨가 날이 갈
수록 튼실해지고 있다.

  가슴에 핀
  향긋한
  그리움 송이

  산 듯 죽은 듯
  숨결처럼 스며든
  하얀 침묵

  거기
  그 안에
  있게 해줘요.

                          - [당신 · 3] 전문

  이 시에서의 시적 화자는 사랑하는 '당신'을 이미지
로 그려 놓고 있다. 당신은 '가슴에 핀 향긋한 그리움
송이', '산 듯 죽은 듯 숨결처럼 스며든 하얀 침묵'이라
고 메타포로 처리하고 있다.
  가슴에 피어 있는 그리움 송이는 추상과 구상이 만
나고 있고, 시각 이미지와 후각 이미지가 조화를 이루

고 있다. 그게 가슴 동산에 피어 있다. 시의 특질이 잘 드러나 있다. 또 당신은 하얀 침묵이다. 침묵은 추상이지만, 하얀 색깔은 구상이다. 침묵의 색깔이 하얗다. 그것도 산 듯 죽은 듯 숨결처럼 스며든 침묵이다.

기관감각 이미지와 시각 이미지로 '당신'의 존재를 잘 드러내고 있다. 시적 화자는 바로 그 '당신' 안에 있게 해달라고 한다. 그게 행복이요 방향이요 존재 이유가 되고 있다. 짧은 시 속에 사랑 고백의 정수를 보여 주고 있다.

시는 이렇게 짧아도 깊은 의미를 담아낼 수 있는 장르다. 그 한 사례를 이 시를 통해 보여 주고 있다. 시가 인간 감성의 단면을 선명히 보여 주어, 감성에 감동과 전율을 심는 장르임을 이 시를 통해 독자들은 인지하게 된다.

가슴에 묻었던 사연들
바람에 끌려와
터벅터벅 비틀댄다

잡은 손 놓칠세라
상념의 초겨울 속으로
홀로 걸어간다

차마 끊지 못한 햇살처럼
반기우는
참 고운 님 찾아

길섶엔
언제나 그렇게
늦은 꽃 한 송이 향기로 퍼지는데

아래로 아래로 숨죽여 흐르는
가녀린 꿈
저리 시린 세월로 품어 안는데.

- [사랑 · 1] 전문

이 시에서의 시적 화자는 과거의 사연들 때문에 힘
들다. 이미 가슴에 묻어 두었건만 그 사연들은 바람에
끌려와 터벅터벅 비틀대고 있다. 뿐만 아니라 잡은 손
놓칠세라 상념의 초겨울 속으로 홀로 걸어가고 있다.
그 이유는 바로 님 때문이다. 차마 끊지 못하는 햇살처
럼 반기는 님을 찾아갈 수밖에 없는 시적 화자, 그에게
님은 참 고운 존재이다.

님은 어떠한 경우에도 시적 화자의 가슴 안에 소중
하고 귀한 존재로 남아 있다. 길섶엔 언제나 늦은 꽃

한 송이 향기로 퍼지는데, 가녀린 꿈은 아래로 아래로 숨죽여 흐르면서도 저리 시린 세월 품어 안는데, 시적 화자는 여전히 노심초사하며 터벅터벅 님 찾아 나아간다.

　그 길이 설령 슬프고 고달플지라도, 비록 환영받지 못하고 외로울지라도, 시적 화자의 마음을 바꿀 수는 없다. 님은 차마 끊을 수 없는 햇살과 같은 존재이다. 그러므로, 평생 나아가야 할 목표이자 방향이다. 항상 위로 위로 나아갈 뿐이다. 꿈을 결코 포기하지 않고, 나아간다. 그 어떤 두려움과 아쉬움도 시련도 감당해 내며 나아간다. 그 길밖에 다른 선택이 없다.

　사랑의 강도가 매우 높다. 사랑의 길로 가는 자세와 열정이 본받을 만하다. 대구와 반전을 이끌어가는 시인의 솜씨가 매우 세련되어 보인다.

　답답해 보이는 창가에
　아련함으로 다가와

　가슴을 꽃향기로
　노랗게 채색해 놓고

　눈을 감는

마음의 별

시린 가슴
속절없이 헤집어 놓고

쓸쓸한 바람처럼 물들어 가는
계절의 여울목

조금씩 조금씩 내려놓아야 하건만
마냥 피어나는 미소.

- [겨울비] 전문

이 시에서의 시적 화자는 겨울비를 이미지로 그려
놓고 있다. 겨울비는 마음의 별이다.
'A=B'(겨울비는 마음의 별, 계절의 여울목, 마냥 피어나는 미
소.) 'A의 B'(마음의 별, 계절의 여울목)라는 메타포 기법을
사용하여, 겨울비의 구체적 이미지를 드러내고 있다.
겨울비는 답답해 보이는 창가로 아련히 다가와 가슴
을 꽃향기로 노랗게 채색해 놓고 눈을 감는 마음의 별
이다. 또 겨울비는 쓸쓸한 바람처럼 물들어가는 계절
의 여울목이다. 이처럼 메타포 처리 기법은 시 전체의
이미지가 보다 품격 있는 이미지로 채워지도록 도움을

준다. 그런데 이는 '쓸쓸한 바람처럼'이라고 하는 직유법의 도움도 받아 더욱 탄력을 받고 있다.

메타포(은유)와 직유의 적절한 디코럼은 시 전체의 애틋함을 더욱 강화시켜 놓고 있다. 시를 사랑하고, 시의 표현 기법을 통해 자신의 내면세계, 자신의 의식 세계, 나아가 무의식 세계까지 시적 형상화로 빚어내는 삶, 그 삶에 박수를 보낸다. 이렇게 어여쁘게 꽃피운 시인의 작품들이 우리 독자들에게 오래도록 감흥의 여운을 남겨 줄 거라 믿는다.

김부배 시인의 열정은 자유시 창작에만 머무르지 않고, 이번에는 시조 창작에도 가지를 펼치고 있다. 시조의 창작은 2015년 가을부터 시작되었다. 처음에는 가벼운 일탈인 줄 알았는데, 이후 늦가을을 지나고 겨울, 봄에 이르기까지 그녀의 시조 창작은 좀처럼 멈추지 않았다. 시조로는 단형시조와 연시조를 번갈아 썼다. 연시조는 주로 3연짜리였는데, 그 융융한 흐름이 매우 인상적이었다.

> 누구나 한번쯤은 사랑에 빠진다네
> 꽃보다 아름다워 마음결 품안에서
> 파고든 그리움처럼 도란도란 애틋이.
>
> - [연가 · 2] 전문

이 시조에서의 시적 화자는 단형시조의 율격 위에서 사랑을 노래하고 있다. 누구나 한번쯤은 사랑에 빠진다고 전제하고는, 자기 자신 안으로 밀려오는 사랑이 꽃보다 아름답다 한다. 그것은 마치 마음결 그 품안으로 파고든 그리움 같다고 한다. 그것도 도란도란 애틋이 안기는 사랑이라서 더욱 소중히 여긴다.

아주 자연스러운 리듬의 전개와 의미 구조, 구상과 추상의 조화로움이 만나 한 편의 아름다운 시적 형상화를 이뤄내고 있다. 어느덧 시 표현 기법을 시조의 의미와 잘 접목시킬 줄 아는 김부배 시인의 앞길이 내다보인다. 좀처럼 멈출 줄 모르는 시와 시조 창작의 열정이 아마 여생 내내 펼쳐지게 되리라는 확신이 든다. 언젠가는 발간될 김부배 시인의 단형시조집이 기대되는 이유가 여기에 있다.

단형시조의 사례를 하나 더 보도록 하자.

솔잎 위 하얀 눈꽃 은은한 향그러움
그리운 숨결처럼 포근히 안기더니
속 깊이 자리잡고서 도란도란 노니네.

                                    - [어느 겨울] 전문

이 시조에서의 시적 화자 역시 단형시조의 정형 율

격 위에 이미지 구현을 이뤄내고 있다.

솔잎 위에 하얀 눈꽃이 내려앉아 있다. 은은한 향그러움이 그리운 숨결처럼 포근히 안긴다. 그것도 속 깊이 자리잡고서 도란도란 노닌다. 지각적 이미지의 어울림이 전통 시조의 멋스러움을 더욱 돋보이게 해주고 있다.

시각 이미지(솔잎 위, 하얀 눈꽃, 사리잡고서, 노니네)와 후각 이미지(향그러움)와 촉각 이미지(포근히 안기더니)와 기관감각 이미지(숨결처럼)와 청각 이미지(도란도란)의 배치를 통한 이미지 구현이 시조 전체의 의미 구조를 보다 선명히 떠받쳐 주고 있다.

시가 아름다운 이유, 시가 미적 가치의 그릇이라는 이유, 인류의 거친 감성을 보드랍고도 해맑게 걸러 주는 이유, 시가 오래도록 인류 곁에 남아 있는 이유, 이에 대한 답변을 이 시조가 해주고 있는 듯 보인다.

김부배 시인은 단형시조뿐만 아니라 연시조에도 관심을 쏟고 있다. 거의 매주 연시조의 창작에 도전하는 열정을 포기하지 않고 있다. 바쁜 하루 일과 속에서도, 그녀는 연시조 창작의 길을 올곧게 걸어가고 있다.

아직도 변함없이 젊은 날 꿈틀대네
그리운 속삭임들 그때가 다시 왔나

묵묵히 익어 가는 정 보물같이 빛나네

애틋함 품에 안고 꽃피네 훈훈한 맘
영원히 사랑으로 살잔다 싱그럽게
샘솟듯 내뿜고 있네 진한 감동 날마다

맺히네 향기로움 어느덧 하나되고
여백에 젖어드네 생동감 토해내며
은은히 올려다보네 하염없이 오늘도.

- [수레바퀴] 전문

이 시조에서의 시적 화자는 젊은 날 간직한 그리운 속
삭임들을 만나고 있다. 오래도록 자신을 행복하게 해주
었던 속삭임들, 그게 다시 왔다고 느끼는 것은 다시 사
랑의 감정을 느끼게 되었다는 고백이나 다름없다.

그건 묵묵히 익어 가는 정 같은 것이다. 그게 지금 보
물같이 빛나고 있다. 그 감성은 애틋함을 품에 안고 있
어서 애잔하다. 그래도 그건 훈훈한 맘, 영원히 사랑으
로 살자고 하니 다소 안심이 된다.

이제는 날마다 싱그럽게 진한 감동을 안고 살 수 있
을 것 같다. 샘솟듯 내뿜고 있는 그 진한 감동, 이제는
결코 놓치지 않겠다고 다짐하고 있다. 그러다 보니, 향

기로움도 맺히고, 향기로움과 하나되고, 여백의 삶이 생겨나고, 그래서 그 여백에 젖어들고, 생동감 있는 하루하루가 전개된다.

이제는 밑바닥이 아닌, 이제는 아래가 아닌 위를 은은히 올려다보게 되었다. 오늘도 하염없이 올려다보며, 살아가는 시적 화자의 얼굴과 내면이 평화롭다. 이후 우울과 어둠에 결코 잠길 것 같지 않아 좋다.

이러한 복잡 미묘한 시적 화자의 내면을 아름다운 시조의 정형 율격으로, 또 선명한 이미지 구현으로 떠받들고 있으니, 감탄하지 않을 수 없다. 김부배 시인의 시적 형상화 능력은 어디까지 이어질까. 시간이 흐를수록 신비롭기만 하다. 그 열정, 그 성실, 그 발걸음에 경의를 표할 뿐이다.

만남의 숨결처럼 슬며시 머물러서
적막한 한밤중에 행복꽃 피워 놓자
낭만의 별빛 사랑도 걸터앉네 스스로

아릿한 가슴밭길 고요히 전율하고
순백의 부드러움 향긋이 살아 있네
애타는 목마름으로 나긋나긋 춤추며

천년을 산다 해도 아쉬운 나의 님아
정겨운 순간들이 사르르 녹아나고
사랑은 늘 처음처럼 품안에서 잠드네.

- [사색의 향기] 전문

이 시조에서의 시적 화자도 정형 시조의 율격의 지원을 받고 있다. 시조의 맛과 멋을 유지하면서, 행복을 찾아 나서고 있다. 만남의 숨결처럼 슬며시 머물러서 적막한 한밤중에도 행복꽃을 피워 놓을 수 있다. 그 곁에 낭만의 별빛 사랑도 걸터앉는다. 그것도 스스로. 억지가 아니다. 작위적이지도 않다. 내면과 자연이 스스로 어우러져 행복을 창출한다. 아릿한 가슴밭길도 고요히 전율하고, 순백의 부드러움이 향긋이 자리한다. 애타는 목마름으로 나긋나긋 춤추며 과거와 현재를 내려다보고 있는 시적 화자의 조용한 눈길도 만나게 된다.

왜 이처럼 안정된 마음을 얻게 된 것일까. 그건 바로 천년을 산다 해도 아쉬운 나의 님 때문이리라. 정겨운 순간들이 사르르 녹아나고 늘 처음처럼 품안에서 고이 잠드는 사랑 때문이리라. 사랑이 있어서, 사랑의 추억이 있어서, 사랑의 감정이 살아 있어서, 시적 화자는 행복하다. 마음이 편안하고 고요롭다.

더이상 무얼 바라겠는가. 이대로 인생을 마친다 해
도 후회할 것 같지 않다. 이러한 시적 화자의 마음을
군더더기 없는 시어와 리듬과 이미지로 담아낼 수 있
는 능력, 이게 바로 김부배 시인의 시적 형상화 능력
인 것이다.

　홀연히 겨울 따라 추억만 남겨놓고
　가신 님 숨결처럼 가슴속 흔드네요
　끝까지 문 열어놓고 기다리는 하얀 꿈

　고운 님 속마음은 얼마나 아팠을까
　지울 수 없는 만큼 여전히 품안 가득
　소롯이 자리잡고서 그렁그렁 남몰래

　긴 세월 보고픔도 밤새워 애틋하게
　오가는 훈훈한 정 꽃향기 기약하며
　향그런 창공 한켠에 별빛 모아 안네요.
- [그리움 · 2] 전문

　이 시조에서의 시적 화자는 님을 떠올리고 있다. 홀
연히 아쉬운 추억만 남겨놓고 겨울 따라 가 버린 님,
그 님이 숨결처럼 가슴속을 흔드는 밤, 끝까지 문 열어

놓고 기다리며 잠든 시적 화자. 하얀 꿈은 시적 화자의 일상이 되어 버린 것일까. 그래도 시적 화자는 자신보다는 고운 님의 속마음을 더 걱정하고 있다.

그 속마음이 얼마나 아팠을까. 지울 수 없는 만큼 여전이 품안 가득 소롯이 자리잡고서 남몰래 그렁그렁 울며 눈물 흘렸을 님의 가슴이 얼마나 아렸을까. 긴 세월 내내 밤새워 얼마나 애틋하게 보고파 했을까. 오가는 훈훈한 정으로 몸부림치며 그 달콤한 꽃향기 기약하며 얼마나 가슴 졸였을까.

님의 그 가슴을 떠올리며, 꼭 그대로 훈훈한 정과 꽃향기를 기약하며 지내는 시적 화자, 향그런 창공 한켠에 별빛 모아 안으며 추억에 잠긴다. 다시 기회가 온다면, 결코 놓치지 않을 그 사랑, 그 정, 그 꽃향기, 오늘도 가슴속 깊이 새기며 눈물 머금고 있는 시적 화자의 감성, 그 안으로 독자들은 소르르 빨려 들어가고 있다.

김부배 시인이 쳐 놓은 감성의 덫, 이미지의 덫, 시적 형상화의 덫에 빠져 한참을 허우적대는 독자의 감동, 이는 시조의 보편성과 손잡고 환호성을 올리고 있다.

우리는 지금까지 김부배 시인의 시 세계를 여행해 봤다. 자유시와 단형시조와 연시조를 오가며 펼치는 다채로운 시적 형상화, 그 오솔길을 걸으며 시적 화자의 내면과 대화를 나눠 봤다. 아름다웠다. 싱그러웠다. 시적 화자는 이런 감성을 독자들에게 여러 각도로 제공해 주었다.

섬세한 감성의 길로 안내하는 이미지 구현, 구상과 추상의 조화로움 속에 자리하는 긍정의 힘, 외로움을 극복하게 해주는 다채로운 감성의 배치, 아름다움을 향해 나아가게 하는 시심의 꽃, 새로운 해석학을 통해 구축된 낯설게 하기 기법, 보다 싱그러운 시적 형상화, 줄기차게 펼쳐 나가는 시 쓰기의 열정 등으로 독자들을 감동시킨 창작의 오솔길, 그 오솔길을 사색하며 함께 걷게 해준 김부배 시인이 참 멋지다.

제1시집, 제2시집뿐만 아니라, 나아가 제5시집까지 또 시선집을 발간하는 그날까지 김부배 시인의 시 창작 열정이 이어나가길 소망해 본다. 평소 자기 자신의 직업과 일상을 잘 꾸려나가면서, 틈틈이 시 창작 활동을 해나가면서, 시들이 모아지면 시집을 꼬박꼬박 펴내면서 살아가는 삶, 멋지지 아니한가.

똑같은 일상도 시인의 관찰로, 시인의 눈길로 바라보면 달라진다. 똑같은 꽃도 시적 형상화로 바라보면 새로워진다. 똑같은 외로움도 이미지로 바라보면 싱그러워진다. 이게 시의 길이요 시의 행복이요 시의 존재 이유인 것이다.

김부배 시인이 여생의 친구로서 시 창작을 선택한 건 매우 잘한 듯하다. 평소 외로울 때마다 여행을 즐겼던 그녀가 오랜 기도 가운데 선택한 시와 시조가 오래도록 친구이자 동행인이 되어 주기를 바란다.

김부배 시인을 우리 문학 동아리에 보내준 하늘에 감사드리는 이 시간, 봄하늘의 부드러움과 향그러움이 저리도 신비스레 너울거리고 있다. 참 행복하다.

- 꽃향들이 시어들을 물어 나르는 싱그러운 봄날 오후에 박덕은 문학관에서

한실 문예창작 지도 교수 박덕은

(문학박사, 문학평론가, 시인, 소설가, 동화작가, 희곡작가, 화가, 사진작가)

김부배 시인의 제2시집 출간을 축하하며

작가의 말

시를 사랑하고 아끼는 맘 변함없는 나! 자랑스러워요.

날마다 시 창작하면서, 내게 주어진 공간에서 행복한 삶을 살 수 있어 행복합니다. 이 기쁨 어디다 비교하랴.

이제는 펜을 들면 저절로 시를 쓰고 싶어 마음이 한없이 설렙니다.

제2시집을 펴내니 기쁨이 샘솟듯 합니다.

시를 쓰고 공부하는 맘 즐겁기만 합니다.

이렇듯 시 창작할 수 있음에 감사합니다.

특히 한실 문예창작 지도 교수 박덕은 문학 박사님의 훌륭한 지도 덕택에 요번에도 시집을 펴낼 수 있어 참으로 행복합니다.

제2시집에 새긴 대로 아름다운 감성이 영원히 우리 곁에 남아 넘실대기를 바랍니다.

앞으로도 더 좋은 시들을 발표하고 작품성 있는 시집을 펴내는 데 지속적으로 도전하고 싶습니다.

이게 어쩌면 여전히 나의 젊음을 유지하는 비결인지도 모릅니다.

이 시간에도 먼저 하나님께 영광 돌려 드립니다.

나의 가족들과 아낌없는 칭찬과 격려를 보내준 한실
문예창작 포시런 문학회 문우들과 날마다 아프리카TV
"낭만대통령의 문학 토크" 시간에 함께해 준 문우님들
에게 고마운 마음 바칩니다.
　　정말 감사합니다.

2016년 5월
만물이 생동감 있게 피어나는 새봄의 이쁜 문턱에서
시인 김부배

祝詩

김 부 배

박덕은

어느 날
산수유와 장미로
빙 둘러 싸인 호숫가에
시심 한 그루
자라기 시작했지요

주춤주춤
낭만이 다가와
영혼 시린 시향 마시고는
그만 넋을 잃고 말았지요

하루는
툭툭 깨어난
가장 해맑은 노래가
높이 높이 솟구치더니
해종일 새소리를
덧입혔지요

잠시 후
하늘의 푸른 깃까지
곁으로 와
인연과 기도를 어루만지며
하얀 고백을 쏟아냈지요

그게 모여 모여
이윽고 아담한 꽃동산을 이루더니
이제는
사랑의 정수리에 앉아
오로라 같은 환희를
읊조리고 있네요

해가 지고
별들이 우수수 내리는
지금도
열정의 연가는
여전히 향긋한 나래를
나풀 나풀거리고 있네요.

차 례

1장— 그리움의 시선

2장 — 나만의 공간

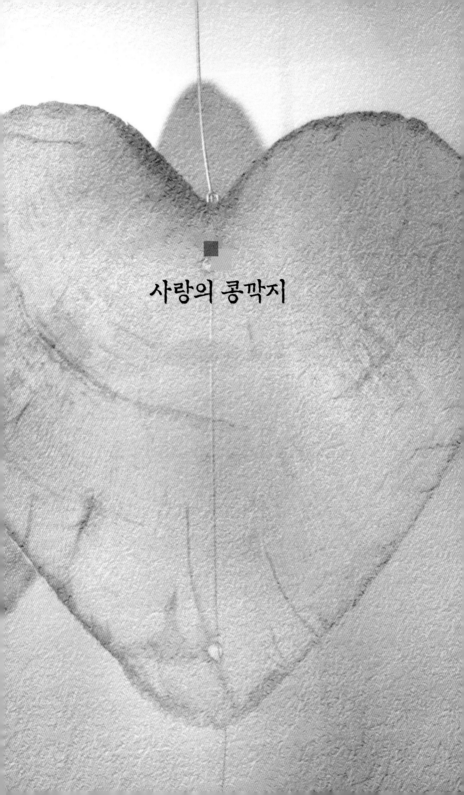

사랑의 콩깍지

제1장
그리움의 시선

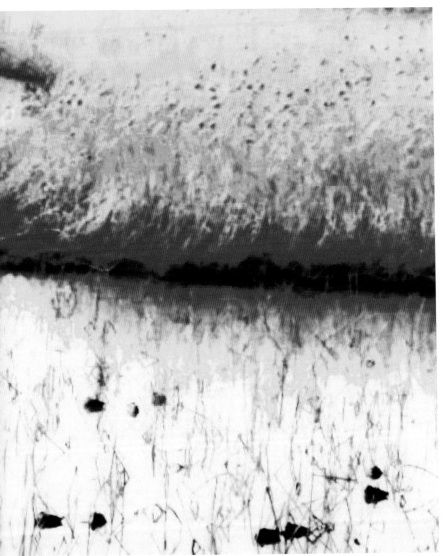

박덕은 作 [늦가을](2016)

사랑 · 1

가슴에 묻었던 사연들
바람에 끌려와
터벅터벅 비틀댄다

잡은 손 놓칠세라
상념의 초겨울 속으로
홀로 걸어간다

차마 끊지 못한 햇살처럼
반기우는
참 고운 님 찾아

길섶엔
언제나 그렇게
늦은 꽃 한 송이 향기로 퍼지는데

아래로 아래로 숨죽여 흐르는
가녀린 꿈
저리 시린 세월로 품어 안는데.

박덕은 作 [사랑 · 1](2016)

사랑 · 2

가을 햇볕에 쬐어서
거무스름할지라도

그리움의 가슴
뛰는 걸 보니

보이지 않는
마음의 진실 있어

잡은 손 그 속에
변치 않는 이 모습 이대로

늘 지금처럼
뜨겁게 그리워하리.

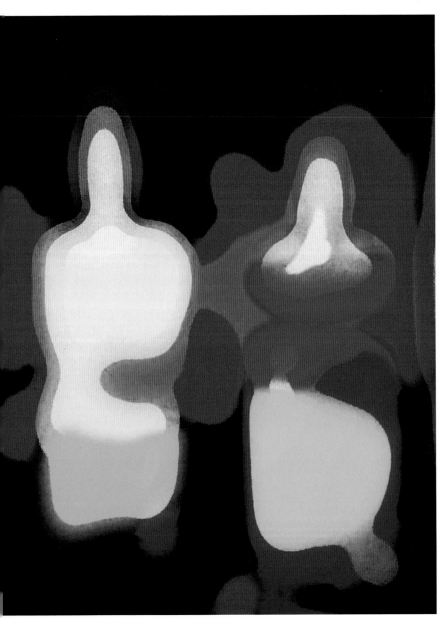

박덕은 作 [사랑 · 2](2016)

사랑 · 3

가장 눈물겨운 꽃이 당신이었네요
눈감아도 떠오르는 아름다운 당신.

██ 사랑의 콩깍지

박덕은 作 [사랑 · 3](2016)

겨울비

답답해 보이는 창가에
아련함으로 다가와

가슴을 꽃향기로
노랗게 채색해 놓고

눈을 감는
마음의 별

시린 가슴
속절없이 헤집어 놓고

쓸쓸한 바람처럼 물들어 가는
계절의 여울목

조금씩 조금씩 내려놓아야 하건만
마냥 피어나는 미소.

박덕은 作 [꽃향기](2016)

겨울 연가

노을 지는 저녁에
사랑의 깊이가 궁금해
얼른 생각나는 그대에게
마음의 돌을 던져 봅니다

말하지 않아도
눈 안에 가득차 있는
그대에게로 향한
끝없는 그리움에게

향기로움 도란도란 속삭이며
속살 비집고 들어오는 뜨거움에게

나를 믿어 주는 단 한 사람에게
내가 믿어 주는 단 한 사람에게
마냥 커지는 아름다움에게.

박덕은 作 [아름다움에게](2016)

감사

창밖 어울지는 빗방울처럼
아련한 그리움이고 싶다

고운 것도 한때이고
만추의 속삭임만 도란도란

연민 속에 묻어둔 눈빛으로
말없이 닦아 주는
고즈넉한 여유로움

따스한 정이 오갈 때마다
푸른 하늘 위
눈부신 사랑 꽃피우고 싶다.

박덕은 作 [감사](2016)

첫눈 오는 날

향기로이 피어난
감성의 꽃

시향의 세계로
훨훨

살포시 내리는
하얀 그리움 따라

나래 펴고 서로에게
향긋한 설렘 되어

추억을 실어 가는
시간의 공간에서

흐르는 마음의 강물
세월의 나이테 덧입고

청춘일 때 몰랐던
향수에 젖어 젖어.

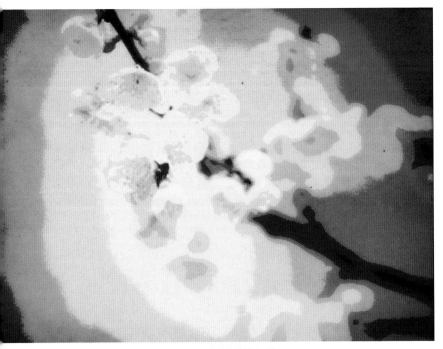

박덕은 作 [감성의 꽃](2016)

첫눈

향긋한
그리움이고 싶어라

가슴에 새겨진 꽃길
끝까지 걷고 싶어라

그 어떤 것과도
바꾸지 않아

바라만 봐도
마냥 좋아

지루하지 않은 설렘이 있어
먼 훗날 소식도 말할 수 있어

온유함 흐르게 하는 님 같아
오래도록 길동무하고 싶어라.

박덕은 作 [꽃길](2016)

그리움 · 1

이 세상에서
제일 사랑하는

나에게는
늘 산소 같은

사르르
봄꽃향 채워 주는.

박덕은 作 [그리움 · 1](2016)

그리움 · 2

아지랑이 아물아물
햇살결같이 피어나는
봄처녀 가슴

그 위에서
흔들리는
아련한 보고픔

저 멀리
푸르른 미지의
애틋한 음률처럼

이제는
잔잔한 물결 되어
그대 품안에서 도란도란 노니네.

박덕은 作 [그리움 · 2](2016)

그리움 · 3

추억 속에 고운 사랑
깊숙이 담겨지던 날

청아한 그 음성까지도
높푸른 가을 하늘 닮았어라

꿈들이 스며들어
가슴속까지 따뜻해지고

그리움이 사무쳐
살포시 고개 숙이네

선한 그대 눈망울 보면
금방이라도 사랑한다고
고백할 것만 같고

자상한 모습을 그리며
이름 부르면
더욱 보고파지네

황홀한 세계로 이끌어 가는 설렘이
시작되는 날부터 끝나는 날까지
언제나 동행하고 싶어라.

박덕은 作 [그리움 · 3](2016)

모임

낭만의 여백을 채우려
이것저것 다 제쳐놓고
달콤한 유혹을 퍼즐처럼 맞춘다

꽃들의 향내처럼
가슴 안에 모은
진하고 깊은 행복
찰랑찰랑 봇물 이루고

대화의 눈송이도
정겹게 도란도란
설레임 가득
싱그럽게 도란도란.

박덕은 作 [낭만의 여백](2016)

봄

향기로움 꿈틀대는 길목
정겨움이 마냥 커지네

온통 부드러운 숨결
함께하고파

느낌도 기척도
싱그럽게 피어나네

그리움은
하늬바람 타고 남실남실

두 마음은
하나되어 두둥실.

박덕은 作 [봄](2016)

청실홍실

연분홍 속마음
품 열어 안고

황홀한 세레나데
흥겹게 폴폴폴

불꽃처럼 타오르는
내 안의 그대

장밋빛 향기로 물들여
방울방울 걸어 놓고

말없이 그리움 속으로
새콤달콤 담아서

가시는 길
밝혀 드리리.

박덕은 作 [세레나데](2016)

사랑 느낌

마음의 싱그러움 머물러 있는
눈웃음 다정하게 소롯이 담아
달콤함 도란도란 나누노라면
꿈처럼 향그럽게 피어나지요
애절한 속삭임도 애틋이 안고
행복 심어 보듬는 보고픔에게
속살까지 파고든 그리움에게
영원히 새겨져요 가슴속 깊이.

■ 사랑의 콩깍지

박덕은 作 [사랑 느낌](2016)

마냥 좋아서

파란 높음 같은 님
수정 같이 맑고 빛나서
고운 자태 별빛에 새겨두네

눈감으면 어느새
소롯이 피어나
품속에서 만져지네

감미로운 선율 따라
향그러움도
살아 있네

청실홍실 엮은
애틋한 연분홍빛
가슴속에 심어놓고서

펼쳐진 꽃길을
아련히 걸어가네
오늘도.

박덕은 作 [마냥 좋아서](2016)

그리움의 시선

외로움이 독백할 때
튀어 나오는
하얀 마음

지친 영혼
보듬어 배려하는
화롯불 같은 사랑꽃

열정의 눈망울처럼
토실토실 살찌운
밤의 질투

꺼져 가던
멍든 가슴에
아로새긴 향긋함.

박덕은 作 [그리움의 시선](2016)

오솔길

꽃길 향기로
아지랑이 물들여서
가슴에 담네

열정의 빛깔로
황홀함 껴안고
아른거리는 감미로움 흐르고

사색의 절절함
순백의 침묵 속으로
남실남실

펼쳐진
달달한 싱그러움은
샘물처럼 쏟아지네

환한 웃음 가득
심장 깊숙이
곱디고운 환희 되어.

박덕은 作 [오솔길](2016)

오늘도 · 1

봄빛의 속삭임들은
새털처럼 날고
님의 유혹은
마음을 요동치게 하네

하늘자락에는
아지랑이 피어나고
설렘도 잔잔히 흐르는데

저리
환하고도 뜨겁게
장밋빛으로 물들여 놓으니

꽃보다 진한 달콤함이
심장을 비집고 들어와
폭풍을 일으키네

촉촉이
가슴 적셔 오는
영롱한 보석이여

품안에서
잠시
머물다 가렴.

박덕은 作 [오늘도 · 1](2016)

오늘도 · 2

솟구쳐 나오는
외로움
자꾸만 일렁인다

마음은 꽃처럼
짙은 향 쏟아내며
샘솟듯 목마름 적셔 주고

그리움은
별빛으로
찬란히 부서져 내리고

영혼에는
사랑의 강이
저리 철철철 흐르고 있는데.

박덕은 作 [오늘도 · 2](2016)

오늘도 · 3

찬란한 나래 펴고
온누리 돌아보라

열정의 옷 온몸에 두르고
보고 싶다 보고 싶다 외쳐 보라

설익은 가슴 한쪽
짙푸른 꽃향 속에 던져 보라

수없이 보고 또 봐도 금세 보고 싶어
목 터지게 불러 보라

쪽빛 돋은 하늘에 소롯이 마음 풀어
미소 지어 보라.

박덕은 作 [오늘도 · 3](2016)

당신 · 1

색깔과 느낌 고운 단풍잎 하나
살포시 손에 쥐어주고 간 사람

가슴에 향기 오롯이 심어 주고
귀한 열매 안겨 준 사람

살아가는 데 행복의 길로
인도해 준 고마운 사람

뿌리깊은 나무 되게 해주어
이름 석 자 불러보게 하는 사람

깨어나면 늘 먼저 생각나도록
달콤한 흔적 남기고 간 사람

가을엔 낙엽 지는 창가에 기대어
함께 그리움의 향 마시고픈 사람.

박덕은 作 [당신 · 1](2016)

당신 · 2

사색들이
추억과 하나되어
나래 활짝 펴네

긴 여정처럼
안겨 와
보고파지네

영혼 불사르던 순간들이
아련한 설레임으로
아롱아롱 노닐 때마다

눈감아도 떠오르는
그 모습
그리움 깊이 새겨두네.

박덕은 作 [당신 · 2](2016)

당신 · 3

가슴에 핀
향긋한
그리움 송이

산 듯 죽은 듯
숨결처럼 스며든
하얀 침묵

거기
그 안에
있게 해줘요.

박덕은 作 [당신 · 3](2016)

내 사랑

방황의 끝자락에서
마음에 새겨둔 흔적들을
햇살 좋은 날 그려 넣었다

이제는 멀어질 수 없어
떠올릴 때면 나도 모르게
그대의 향기가 가득 채워지는
이 느낌

숨쉬고 있는 그리움들
가슴 깊이 다가와
소곤소곤 속삭인다

아무도 모르게 가슴에서만
콩당콩당 뛰면서 자라나
마디 마디 사연들의 꽃길이 되어.

박덕은 作 [내 사랑](2016)

사랑은

사랑은 스쳐지나가는 바람
봄꽃처럼 향기롭고도 우아하게

사랑은 두근두근거리는 가슴
여름빛처럼 화려하고도 뜨겁게

사랑은 느껴지고 흔들리는 단풍
가을빛처럼 깊고도 쓸쓸하게

사랑은 활짝 열고 반기는 샘물
겨울빛처럼 싱그럽고도 해맑갛게.

박덕은 作 [사랑은](2016)

눈 오는 아침

마음밭에 사랑을 심었더니
자라서 행복의 꽃이 피네

꿈은 샘물처럼 끊임없이
퍼낼수록 맑아지고 빛나네

에메랄드빛 호수가 부른다 해도
그대 있는 곳이 더 좋아라

가슴에 지핀 불씨 하나
영원한 빛으로 타오르네.

박덕은 作 [행복의 꽃](2016)

봄이 오는 길목

잔설향이 꽃씨 속으로
차르르 차르르

가슴 깊이 숨어드는 설렘은
소르르 소르르

하얀 순정은 연분홍빛 걸어놓고
너울 너울

마음 물들인 애처로움은
일렁 일렁

파릇파릇한 싱그러움은
남실 남실.

박덕은 作 [봄이 오는 길목](2016)

날마다

늦가을 사색의 하모니
가슴에 새겨두고

날빛보다 더 밝은 곳을 향해
걸어가네

꽃향기 가득 담아
마음속에 넣어두고

조금씩 조금씩
꺼내어 쓰며

철따라 정겹게 미소 짓고
그리움인 양 물끄러미 바라보며.

박덕은 作 [사색의 하모니](2016)

감사하는 마음

혼적이 남기고 간
거친 음률처럼

살아온 두께만큼
보이지 않는 바람처럼

생각의 언덕
오르는 가슴처럼

측량할 길 없이
풀어놓은 마음처럼

그리움 때문에 죽을 만큼 밀려와
밤하늘에 차곡차곡 수놓는 님처럼.

박덕은 作 [감사하는 마음](2016)

초봄

새봄의
아련한 속삭임들
휘감고 울려 흔드네
살아 있는 숨결처럼

가슴속 숨어든
설레임도 싱그럽게
꽃술에 수줍어
차르르르.

사랑의 콩깍지

박덕은 作 [초봄](2016)

추억의 당신

아침 햇살처럼 반겨 주는
마냥 좋은 사람

바라만 봐도 행복해지는
그런 소중한 사람

이제껏 살아오면서
느낌이 가장 향긋한 사람

저만큼 가다 뒤돌아보면
촉촉이 가슴 젖어 오는 사람.

박덕은 作 [추억의 당신](2016)

님이시여

가을 물결 따라
예쁜 카드 한 장
올 줄 알았습니다

열정으로
온 천지 물들여 놓고
기다렸던 수많은 날들

드높은 하늘로
마음은
저리 새털처럼 날고

님의 손짓이
내 영혼을
오늘도 요동치게 합니다.

박덕은 作 [님이시여](2016)

김밥아

마음까지 따뜻해지는
오늘 같은 날은
보고픔을 시녀 삼아 쉬었다 가렴

추억처럼 왔다가
잠시 머물러
울다 웃다 가렴

옛날에는
빈 하늘 한 장 높이로
걸려 있었지

선율에 잔잔히 흐르는
클래식처럼
살포시 마음 채워 주었잖니.

박덕은 作 [추억처럼](2016)

오늘 같은 날은

달콤한 풍경뿐만 아니라
너울거리는 모든 것이
가슴 따스한
하나이고 싶어라

앞서가다 뒤서가다
다시 한 점에서 만나는
추억처럼.

박덕은 作 [오늘 같은 날은](2016)

제2장
나만의 공간

박덕은 作 [첫사랑](2016)

봄

연둣빛 싱그러움 온 세상 촉촉하게
꿈꾸듯 달콤하게 환희로 방울방울
꽃향기 가슴속 깊이 피어나네 사르르.

박덕은 作 [봄](2016)

초대

달콤한 봄의 소리 귓가에 사르르르
설레임 품에 안고 보고픔 밀려오면
가슴은 님 생각으로 살랑살랑 들떴네

켜켜이 쌓이는 정 애틋이 일렁이다
저토록 싱그럽게 이토록 정겨웁게
달콤히 끌어안고서 가슴 깊이 피었네.

박덕은 作 [초대](2016)

그리움 · 1

꿈결을 싹 틔우고 보고픔 깨물면서
하얀 봄 즈려밟고 오신 이 품안에서
달콤한 사랑꽃 되어 소곤소곤 애틋이

영원히 새겨져서 마음결 싱그러워
기쁨의 정을 묻고 소르르 잠기우면
보듬는 그리움에게 눈물 짓네 소롯이.

박덕은 作 [그리움 · 1](2016)

그리움 · 2

홀연히 겨울 따라 추억만 남겨놓고
가신 님 숨결처럼 가슴속 흔드네요
끝까지 문 열어놓고 기다리는 하얀 꿈

고운 님 속마음은 얼마나 아팠을까
지울 수 없는 만큼 여전히 품안 가득
소롯이 자리잡고서 그렁그렁 남몰래

긴 세월 보고픔도 밤새워 애틋하게
오가는 훈훈한 정 꽃향기 기약하며
향그런 창공 한켠에 별빛 모아 안네요.

박덕은 作 [그리움 · 2](2016)

그리움 · 3

햇살은 무정해도 절절한 세월 앞에
추억의 창가에서 외로움 녹아지네
참아온 순백의 고백 도란도란 꽃피며

꽃향기 가득 담아 영혼에 넣어두고
기다림 느낌 안에 소롯이 새겨두고
더 밝은 곳을 향하여 걸어가네 날마다

보고픔 오고가다 사랑꽃 피어나면
마음도 곱디곱게 사색도 아름답게
아련한 설레임으로 아롱아롱 노니네.

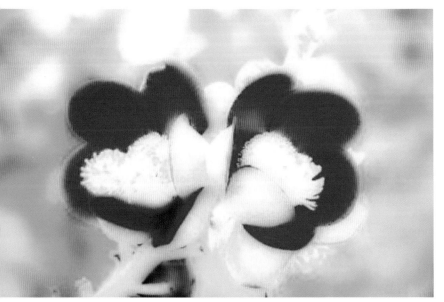

박덕은 作 [그리움 · 3](2016)

연가 · 1

행복꽃 심어준 이 가슴에 꿈틀대면
향긋이 솟구치네 설렘의 하얀 봄향
도르르 가슴에 안겨 전율 되어 흐르네.

박덕은 作 [연가 · 1](2016)

연가 · 2

누구나 한번쯤은 사랑에 빠진다네
꽃보다 아름다워 마음결 품안에서
파고든 그리움처럼 도란도란 애틋이.

박덕은 作 [연가 · 2](2016)

향수 · 1

포근한 느낌 위에 연분홍 아롱다롱
정겨운 아지랑이 저 멀리 남실남실
소쩍새 울음소리도 여울지네 소롯이.

박덕은 作 [향수 · 1](2016)

향수 · 2

흙들도 하얀 봄향 안고서 눈물 짓네
그리움 방울방울 휘감고 전율하네
아늑한 고향 옛집도 고운 추억 적시네.

박덕은 作 [향수 · 2](2016)

연정

향긋한 꽃망울에 애틋함 일렁이면
흐름은 물결처럼 기쁨은 남실남실
어어쁜 설레임 가득 포실포실 피네요

비우면 채워지고 채우면 비워지다
깨끗한 속마음도 두둥실 떠올라서
어느새 햇살결처럼 금실은실 빛나네

하얗게 나풀나풀 정취에 흠뻑 젖다
보드란 나래 달고 치솟는 아름다움
한 자락 진풍경 되어 가슴 뜨락 적시네.

박덕은 作 [연정](2016)

정

달콤함 불사르던 향내음 만져지면
가슴속 타오르네 고운 님 숨결 되어
무지개 영롱함으로 솟구치듯 찬란히.

박덕은 作 [정](2016)

나만의 공간

한겨울 베란다에 꽃들이 방긋방긋
열정의 향그러움 소르르 안겨 주네
순수품 마냥 좋아서 행복 나래 화알짝

마음이 다가가서 귓속말 소곤소곤
아련히 들려오네 보고픔 남실남실
햇살결 싱그러움도 머무르며 사르르

달콤한 느낌으로 포르르 안기어서
날마다 바라보다 슬며시 젖어들어
숨결도 평화로운 곳 낭만 따라 춤추네.

박덕은 作 [나만의 공간](2016)

환희 · 1

향긋한 그대 온기 선명한 무지갯빛
저절로 환호성이 퍼지듯 싱그럽게
정 깊이 어루만지며 타오르네 활활활

아련히 들려오네 달콤한 세레나데
귓가에 설렘 되고 입가에 미소 가득
저절로 황홀해지네 발걸음도 가벼이.

사랑의 콩깍지

박덕은 作 [환희 · 1](2016)

환희 · 2

고운 정 쌓아 놓고 애틋함 꿈결처럼
가슴에 묻은 채로 연정의 강줄기에
억민 겁 향내음 담아 가슴속에 수놓네

먼 훗날 여유롭게 여백도 남실남실
어느새 선율들은 달콤한 느낌 되고
춤추듯 입맞춤하네 은빛 나래 화알짝

걸음도 한가롭게 꽃내음 하늘하늘
눈시울 촉촉하게 소롯이 곱게 감싸
오늘도 빛을 발하며 봉긋봉긋 움트네.

박덕은 作 [환희 · 2](2016)

사색의 향기

만남의 숨결처럼 슬며시 머물러서
적막한 한밤중에 행복꽃 피워 놓자
낭만의 별빛 사랑도 걸터앉네 스스로

아릿한 가슴밭길 고요히 전율하고
순백의 부드러움 향긋이 살아 있네
애타는 목마름으로 나긋나긋 춤추며

천년을 산다 해도 아쉬운 나의 님아
정겨운 순간들이 사르르 녹아나고
사랑은 늘 처음처럼 품안에서 잠드네.

박덕은 作 [사색의 향기](2016)

사랑

파랗게 맑은 하늘 날 보고 방긋방긋
꽃향도 사분사분 수놓고 아롱다롱
소롯이 비워내고는 다시 채워 품으리.

박덕은 作 [사랑](2016)

어느 겨울

솔잎 위 하얀 눈꽃 은은한 향그러움
그리운 숨결처럼 포근히 안기더니
속 깊이 자리잡고서 도란도란 노니네.

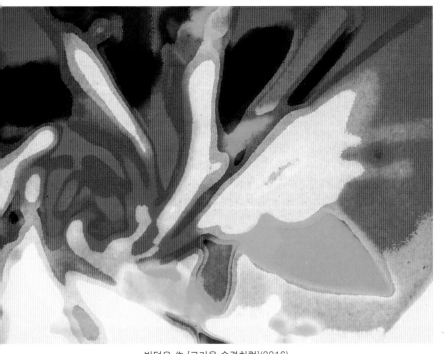

박덕은 作 [그리운 숨결처럼](2016)

사막 사파리 여행

언덕길 스르르륵 바람 뺀 바퀴들도
덜덜덜 자동차도 으으악 뒤뚱뒤뚱
어느새 금빛 모래 위 반짝반짝 수놓네.

박덕은 作 [사막 사파리 여행](2016)

수레바퀴

아직도 변함없이 젊은 날 꿈틀대네
그리운 속삭임들 그때가 다시 왔나
묵묵히 익어 가는 정 보물같이 빛나네

애틋함 품에 안고 꽃피네 훈훈한 맘
영원히 사랑으로 살잔다 싱그럽게
샘솟듯 내뿜고 있네 진한 감동 날마다

맺히네 향기로움 어느덧 하나되고
여백에 젖어드네 생동감 토해내며
은은히 올려다보네 하염없이 오늘도.

박덕은 作 [젊은 날](2016)

꿈

흐르는 운무처럼 펼쳐진 은하수길
해맑게 착한 눈빛 아련히 뽀얀 연무
소롯이 자리잡고서 품안 가득 안기네.

박덕은 作 [꿈](2016)

겨울밤

속기쁨 주는 이여 안에서 도란도란
기꺼이 와 준 이여 영원히 머물러 줘
온전히 온누리 가득 채워지는 느낌들

하얀 눈 사박사박 소슬한 달밤이면
어여쁜 별꽃들도 밤사이 내려앉네
소롯이 설레임인 양 젖어드네 여백에

못다 한 감사의 정 전하는 향기로움
어느덧 하나되어 영원한 보석처럼
치솟는 불변의 열정 품안에서 노니네.

박덕은 作 [겨울밤](2016)

겨울

향긋한 속삭임들 여백을 감싸 주네
마음의 영혼처럼 정겹고 싱그럽게
불변의 그리움 되어 보드랍고 황홀히

별처럼 영롱하게 빛나네 불멸의 힘
나래를 활짝 펴네 아련한 설레임들
한순간 가슴의 고통 토닥토닥하면서

침묵의 밤하늘도 정취에 흠뻑 젖고
차가운 고요 위에 화롯불 은은한 정
살며시 안긴 꽃미소 피어나네 찬란히.

박덕은 作 [겨울](2016)

느낌

푸근한 모습으로 다가오는 열정 송이
선명한 그 미소향 은은히 풍겨 주네
또렷한 그대의 느낌 신비로운 색채들

설레는 가슴속에 담긴 정 떠오르네
꿈처럼 다가오네 환희의 흔적들도
이제는 나도 모르게 하나되어 살포시

아련한 그리움들 이 밤을 하이얗게
머무는 아름다움 가슴결 흠뻑 젖네
온전히 걸어두고파 처음처럼 그렇게.

박덕은 作 [느낌](2016)

초겨울의 향기

아련한 속삭임들 스치는 인연처럼
정취에 흠뻑 젖어 향긋한 설렘 되니
둥글게 밀아놓은 정 도란도란 꽃피네

뜨거움 아른대고 두 뺨은 발그렇게
사랑꽃 피어나네 한아름 보고픔도
고운 꿈 간직하고파 그리움들 쌓이네

침묵의 하얀 아침 품으로 안기우네
하늘은 마냥 좋아 행복도 나래 활짝
허공에 그리움 하나 어여쁘게 떠 있네.

박덕은 作 [향긋한 설렘](2016)

당신 · 1

환하게 피어나네 정든 님 고운 사랑
반쯤은 세월 먹고 머무는 아름다움
기슴에 늘 살아 있이 도란도란 하얗게

아련한 그리움들 연민 속 묻어두고
아쉬움 조각조각 사연들 그렁그렁
어이해 몸부림치나 꽃잎 같이 되어서

향그런 열정 송이 안겨진 보물처럼
새벽녘 아려 오네 단련된 정금처럼
숨결이 목마름으로 남아 있네 오늘도.

박덕은 作 [당신 · 1](2016)

당신 · 2

추억의 꽃봉오리 꿈송이 떠오르듯
서로의 가슴속에 천년을 심어 놓고
소중한 산소 같은 님 나래 펴고 화알짝

포근히 감싸주어 오늘도 환한 미소
낭만에 부드러움 정겹게 토닥토닥
애틋한 내 눈물 되어 젖어드네 사르르

만남은 숨결처럼 보드란 싱그러움
지새운 긴긴 밤에 사랑결 스멀스멀
눈뜨면 곁에 와 있네 처음처럼 소롯이.

박덕은 作 [당신 · 2](2016)

늦가을

찬란한 금빛 나래 만추의 그리움들
아련한 추억들도 애틋한 연정들도
공허한 마음의 창에 치곡차곡 쌓이네

별처럼 반짝이네 애달픈 설레임들
날으네 너울너울 속삭임 방울 방울
잔잔한 소슬 바람도 안아 주네 소롯이.

■ 사랑의 콩깍지

박덕은 作 [늦가을](2016)

마음

연민 속 시린 가슴 휘감아 안아 주니
끝없이 밀려오네 황홀한 속삭임들
흐르네 강물 따라서 마음 깊이 담으며

오호라 빠른 세월 지날 때 느낌 되고
광풍도 잔잔하게 살며시 밀어내네
설익은 순간 순간들 펄럭이며 아련히

짙은 향 백합처럼 마음에 담아놓고
영혼결 하나 하나 포근히 나래 펴고
파란빛 돋은 하늘에 차곡 차곡 쌓이네.

박덕은 作 [마음](2016)

오늘도

운무는 고요 속에 강물처럼 흘러가고
촉촉한 꿈 한 자락 하느적 하느적이네
감동의 순간들이여 나래 펴라 소롯이

시선의 기쁨으로 달콤한 느낌으로
꽃피워 가득 채운 흔적도 가지런히
어느새 허공 안으로 찬란하게 퍼지네

샘솟듯 타오르는 욕망의 향기로움
환상의 선율들과 황홀한 속삭임들
그리움 기대어 앉아 낭만 따라 춤추네.

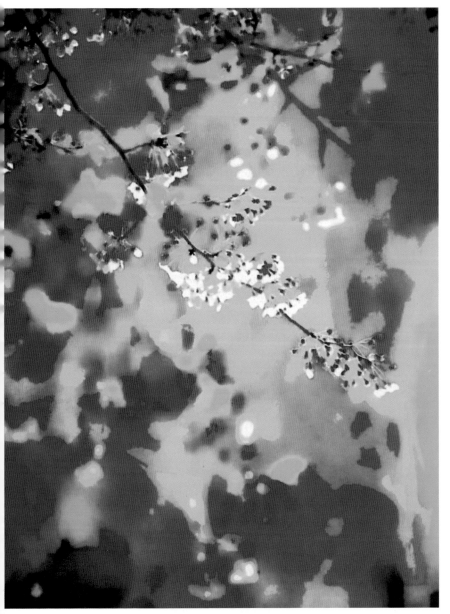

박덕은 作 [오늘도](2016)

가을 연서

황금빛 나래 펴고 선율에 젖어 젖어
허공의 품안에다 그리움 담아놓고
소롯이 설레임 가득 파닥이네 오늘두.

박덕은 作 [가을 연서](2016)

사랑 단상

아련히 떠오르는 그리움 나래 펴고
어느덧 소리 없이 세월은 흘러가네
지나간 젊은 날들이 얽매인 길목에서

오마지 않은 님을 묻어둔 가슴속도
그립고 고운 님을 애타는 꿈자락도
어여쁜 여유로움도 야위워가네 날마다

아픔이 향기 되어 낭만과 얼싸안네
은숨결 느껴지는 잔잔한 호수처럼
속 깊은 마음속에서 처음처럼 그렇게.

박덕은 作 [사랑 단상](2016)

연가

뒹구는 낙엽 위에 그대와 속삭이며
나지막이 가슴속에 핑크빛 여울져서
다가온 포근한 바람 옷자락을 흔드네

살며시 마음자락 불꽃처럼 뜨거워서
머무는 그 자리가 소롯이 그대만을
오늘도 멋스러움에 빠져들고 느끼네

그리움 가득 채워 달콤한 그대 향기
묻어둔 아픔 위로 아련히 떠오르네
가을의 속삭임들을 소곤소곤 안기며.

박덕은 作 [연가](2016)

한실 문예창작 문우들의 작품집

오늘의 詩選集 Series

오늘의 詩選集 제1권

화장을 지우며
강만순 지음 / 144면

오늘의 詩選集 제2권

또 한 번 스무 살이 되고 싶은 밤
김숙희 지음 / 160면

오늘의 詩選集 제3권

사랑의 빈자리 될까 봐
박완규 지음 / 144면

오늘의 詩選集 제4권

유모차 탄 강아지
김미경 지음 / 112면

오늘의 詩選集 제5권

이 환장할 봄날에
신점식 지음 / 176면

오늘의 詩選集 제6권

작아지고 싶다
주경희 지음 / 176면

오늘의 詩選集 제7권

가을은 어디나 빈자리가 없다
전금희 지음 / 176면

오늘의 詩選集 제8권

쓸쓸함에 대하여
이후남 지음 / 176면

오늘의 詩選集 제9권

바람이 열어 놓은 꽃잎
문재규 지음 / 220면

오늘의 詩選集 제10권

단 한 번 사랑으로도
이호근 지음 / 176면

오늘의 詩選集 제11권

할 말은 가득해도
최승벽 지음 / 176면

오늘의 詩選集 제12권

비밀 일기
박봉은 지음 / 176면

오늘의 詩選集 제13권

꽃만 봐도 서러운 그날
한실 문예창작 동인지 제8집

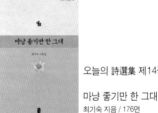

오늘의 詩選集 제14권

마냥 좋기만 한 그대
최기숙 지음 / 176면

오늘의 詩選集 제15권

풀꽃향 당신
김영순 지음 / 176면

오늘의 詩選集 제16권

유리인형
박봉은 지음 / 176면

오늘의 詩選集 제17권

보고픔이 자라고 자라서
한실 문예창작 동인지 제9집

오늘의 詩選集 제18권

첫사랑
김부배 지음 / 176면

오늘의 詩選集 제19권

나는 매일 밤 바람과 함께 사라진다
박덕은 지음 / 240면

오늘의 詩選集 제20권

오늘도 걷는다
유양업 지음 / 176면

오늘의 詩選集 제21권

내 사람 될 때까지
전춘순 지음 / 176면

오늘의 詩選集 제22권

처음 사랑
한실 문예창작 동인지 제10집

오늘의 詩選集 제23권

당신에게 · 둘
박봉은 지음 / 176면

오늘의 詩選集 제24권

그 누가 다녀간 것일까
전금희 지음 / 206면

오늘의 詩選集 제25권

한 잔 술에 가둘 수 없어
이후남 지음 / 164면

오늘의 詩選集 제26권

그리움 머문 자리
이인환 지음 / 176면

오늘의 詩選集 제27권

사랑의 콩깍지
김부배 지음 / 176면

개별 작품집

고목나무에 꽃이 핀 사연
김영순 시집

당신만 행복하다면
박봉은 제1시집

시가 영화를 만나다
장헌권 시집

아시나요
박봉은 제2시집

하얀 속울음까지 들켜 버렸잖아
김성순 시집

당신에게.하나
박봉은 제3시집

세월이 품은 그리움
김순정 시집

사색은 강물 따라
권자현 시집

입술이 탄다
형광석 시집

내가 머무는 곳
신순복 시집

늘 곁에 있는 다른 나처럼
정연숙 시집

당신
박덕은 시집

한실 문예창작 동인지

한실 문예창작 동인지 제1집
『한꿈』

한실 문예창작 동인지 제2집
『한꿈』

한실 문예창작 동인지 제3집
『당신의 쓸쓸함은 안녕하십니까』

한실 문예창작 동인지 제4집
『목련은 흔들리고 있다』

한실 문예창작 동인지 제5집
『그래도 한쪽 가슴은 행복합니다』

한실 문예창작 동인지 제6집
『좋은 걸 어떡해』

한실 문예창작 동인지 제7집
『아직도 사랑인가 봐』

한실 문예창작 동인지 제8집
『꽃만 봐도 서러운 그날』

한실 문예창작 동인지 제9집
『보고픔이 자라고 자라서』

한실 문예창작 동인지 제10집
『처음 사랑』